妖怪大廈③

參樓的酸溜溜檸檬精

鄭宗弦・文　劉亦倫・圖

suncolor
三采文化

前言

看不見的危險更危險

恭喜「嚇嚇叫收妖團」的團員們，經過第一集和第二集的學習和訓練，已經成功收服了妖怪大廈第一層樓和第二層樓，共十二個妖怪。

妖怪大王看到團員們這麼成功，又這麼高興，他非常不甘心，也非常憤怒。他面紅耳赤、捶胸頓足的吼叫：「我非常不喜歡被打敗的感覺啊！」

因此他把第三層樓的妖怪們叫過來，氣急敗壞的叮囑他們：「你們到人間去，一定要認真搗亂，努力作怪，不要再讓我丟臉了。」

「遵命！」妖怪們接收到任務，大聲的回答。

「大王請放心。」其中一個妖怪笑著說：「我的妖怪力是默默進行的，是一種『看不見的危險』，不像那十二個被收服的妖怪，那麼容易被人類發現。」

「我也是。」另一個妖怪也得意的說。「我很容

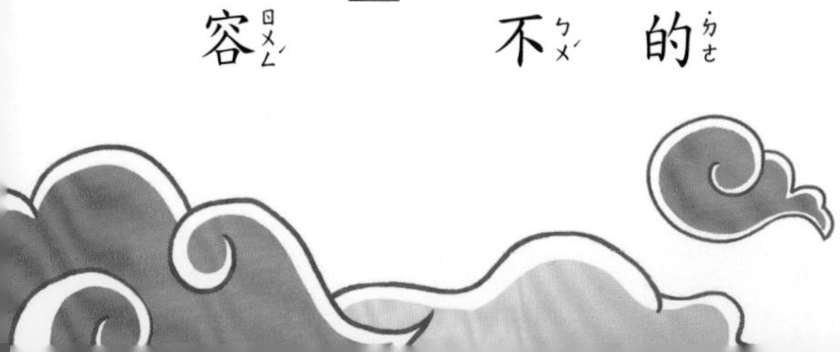

易讓人失去警戒心，不知道要提防我，甚至還會傻傻的喜歡上我，然後在不知不覺中受到更大的傷害。」

「太好了，我對你們寄予很大的期望。」妖怪大王勉勵著說。

「大王，還有我，我能驚天動地。」

「我也很強，我妖力無邊。」

「還有我，我天下無敵。」

其他三個妖怪爭相誇耀自己的本事。

妖怪大王終於露出微笑，點點頭。這時他發現剩下一個妖怪沒講話，就指著他問：「你怎麼了？是不是想偷懶？」

「不！我當然也很有信心……」

「啊！停停停！你別說了。」那個妖怪還沒說完，妖怪大王急忙揮手阻止他，因為妖怪大王一聽到他說話，整張臉馬上皺成一團，還不停的流口水。

「拜託你不用再講了，我已經知道你的厲害了。」

然後，第三層樓的六個妖怪就大搖大擺的出發了。

小朋友，我們已經見識過戶外的妖怪，也認識了家裡的妖怪。這一回的妖怪會出現在不同的地方，甚至是無所不在，是不是聽起來就很可怕呢？

先別緊張，先別害怕，能不能成功收服他們？就看你有沒有認真閱讀。出發去了解他們的強項和弱點了。加油！

「嚇嚇叫收妖團」的團員集合囉！

據說，這集的危險是看不見的⋯⋯

而且還跟食物有點關係？

看來，每天開心的吃吃喝喝還不夠，

必須張大眼睛分辨好與壞。

走吧！一起找出生活中的可疑之處！

猜猜我是誰？

這隻妖怪留著一頭長長的秀髮，
伸手丟出的東西是什麼啊？

黃麴鬼

大家都喜歡看美女，但是要小心一位很漂亮的美女阿姨，她留著瀑布般的長長頭髮，穿著美麗的花邊裙子，不管出現在哪裡，都會笑瞇瞇的塞零食給小朋友吃。

你好乖，阿姨請你吃一顆花生糖。
你好可愛，阿姨請你吃一口蜜紅豆。
你好有禮貌，阿姨送你一把開心果。

哇！有好多好吃的零食，相信大家都會很高興的接受，並且吃得很開心。

但是要注意！其實她是可怕的「黃麴鬼」。那些零食都是由不新鮮的花生、玉米、豆類、芝麻、開心果、腰果、杏仁果所做成的，裡頭含有大量的黃麴毒素。吃了以後，毒素可能會讓肝臟長出癌細胞，最後讓人失去生命……

肚子好痛！
好難受！

那就是黃麴鬼的目的，因為只要人類吃下的毒素越多，她就會變得越漂亮。

如果看見桌上放著好吃的零食，就想拿來吃的話，千萬要小心，很可能是黃麴鬼故意放在那邊引誘人類吃下去！

她常常躲在人們看不到的陰暗角落，等到有人吃了，她就會笑瞇瞇的出現。

一定有人會問：「那該怎麼辦？我好想吃零食。」

很簡單，只要買新鮮的食品就好。零食包裝袋上都有明確的標示製造日期和保存期限，吃之前看仔細，不要吃到過期的就好。

路邊攤賣的花生粉、芝麻粉、杏仁粉……如果沒有標示保存期限，最好都不要買來吃，因為有可能是黃麴鬼假扮成商人了！而那些食物都不新鮮，甚至已經產生了毒素。

製造日期
2025.01.10
保存期限
10個月
貴哥花生
製造日期不重要
吃了沒有水桶腰
麴姐花生

另外，千萬不要吃發霉的豆腐、起司、土司、蘿蔔糕，那些都是黃麴鬼最愛利用的有毒食物。

除了自己小心之外，可以呼叫檸檬精！因為黃麴鬼最討厭檸檬精，只要一看到她，就會生氣的走開。

猜猜我是誰？

穿著澎澎裙的妖怪好像很可愛！
旁邊開的花會是什麼顏色呢？

攻擊力	600	防禦力	800

- 稀有度 ❤❤
- 危險度 ❤（半顆）
- 可愛度 ❤❤❤

- 出沒地點｜水果店
- 最怕天敵｜果糖怪

專注訓練

發霉的堅果不要吃！

難度
★

堅果吃起來怎麼味道怪怪的？
小心！可能藏有黃麴毒素。
數數看，共有幾塊小黴斑？

★解答請見第 82 頁

檸檬精

世界上的妖怪非常多，但不是所有的妖怪都很壞，就像檸檬精只是愛調皮搗蛋，喜歡看人吃到很酸的檸檬而皺起整張臉，這會讓她開心大笑。

檸檬精也是個美女，而且魅力指數比黃麴鬼高一百倍，所以愛漂亮的黃麴鬼很討厭她，完全不想靠近她。

檸檬精也會送東西給小朋友吃，但不是零食，而是檸檬、金桔、柑橘、草莓、奇異果、蘋果……這些富含維他命C的水果。

小朋友吃了檸檬精送的水果，不但不會生病，還會得到均衡的營養，皮膚變得跟檸檬精一樣水水嫩嫩的，很漂亮！但記得一次不要吃太多，以免胃酸過多而肚子痛。如果常常喝加水稀釋的檸檬汁，或是吃加了檸檬的點心，那就像是呼喚檸檬精來在你身邊一樣，陪伴你、保護你，當你的愛心天使。

不過，檸檬精也跟黃麴鬼一樣有個缺點，那就是愛嫉妒。跟她相處久了之後，很容易被她傳染，看到別人比自己漂亮、比自己成績好、運動強，心裡就酸溜溜的很不舒服。

唉！這種見不得別人好的心態很糟糕，那會使你變得愛計較，沒有人想跟你當朋友。

克服酸味最好的方法，就是多加一點甜味。

哼！他們這次只是運氣好啦！

當你發現心情常常酸酸、不舒服的時候，表示情況已經很嚴重了，請趕快呼叫果糖怪來救你吧！

果糖怪會引導你去買一杯含糖飲料，讓你喝下去，嘴巴甜甜的，心裡也甜甜的。原本因為嫉妒別人而酸溜溜的那種感覺，就會變成酸酸加甜甜，酸甜酸甜的。這時，心裡會變得舒服很多。

猜猜我是誰？

我也好愛喝珍珠奶茶耶！
妖怪會不會找上我？

邏輯推理

糖葫蘆串串

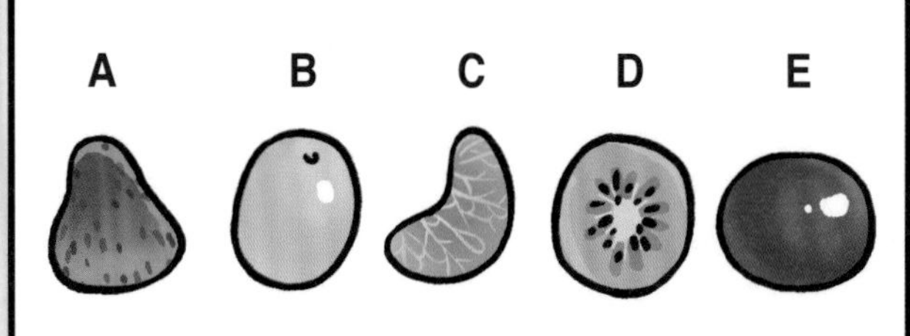

★每個選項不重複，只能選一次。

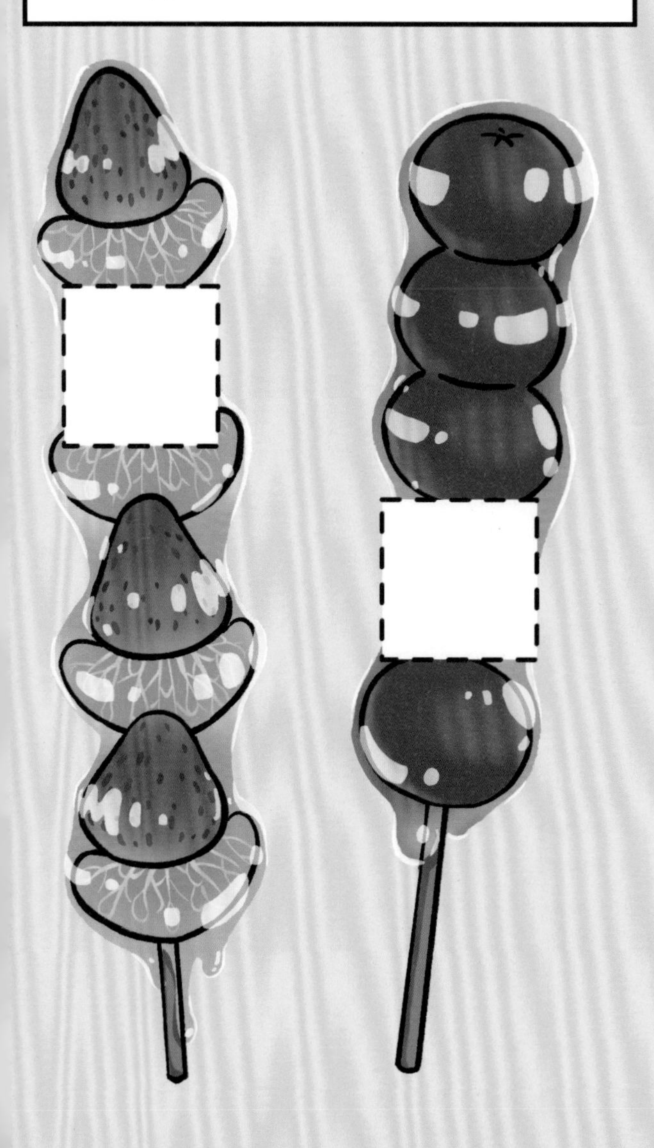

難度

★★★

每一支糖葫蘆都有自己的水果排列順序邏輯。想想看，空格中應該要放哪一種水果呢？

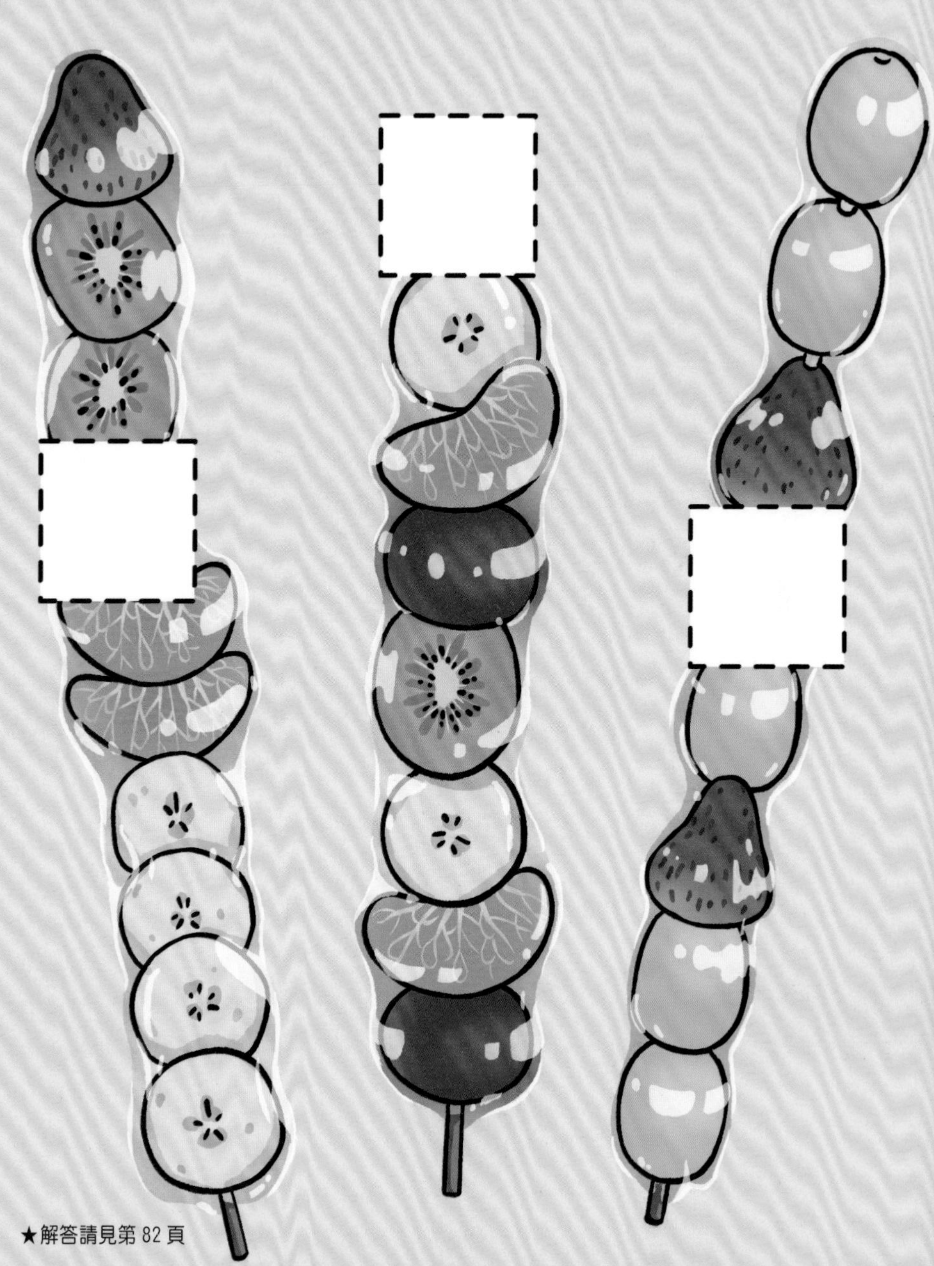

★解答請見第 82 頁

果糖怪

果糖怪的妖怪力很強，最常出現在放學時間。這隻妖怪會跟蹤放學後不直接回家的學生，讓他很想喝甜甜的東西，於是他就會去買手搖飲料，像是珍珠奶茶、茉香綠茶、仙草蜜等，而且一定是全冰全糖！

糖多多

大家小心不要被果糖怪纏上喔！如果受到他的控制，一直喝、常常喝、天天喝，體重就會越來越重，最後身體變成一顆大珍珠。

變成大珍珠有什麼壞處嗎？

當然有。人的行動力會變得越來越差，走路也容易喘，最後還會生病。

別看果糖怪長得很可愛，臉上總是掛著甜甜的笑容，其實他是黃麴鬼的表弟。果糖怪和黃麴鬼一樣，都會傷害人們的身體，果糖吃多了，長期下來，可能會有脂肪肝，還會傷害腎臟，甚至造成生命危險。

可能有人會擔心：「假如果糖怪一直纏著我，到底該怎麼辦？」

肺
心臟
肝臟
胃
小腸
大腸
腎臟
（一顆在肝臟的後下方，
一顆在胃的後下方。）

如果有人跟果糖怪相處久了，已經變成大珍珠，那麼最好戒掉含糖飲料，改喝白開水吧！果糖怪最討厭人們喝白開水，會漸漸遠離愛喝白開水的小孩。

而且果糖怪最怕雨水了，只要淋到雨水，他的妖怪力就會變弱，如果是長時間被大雨淋溼，他還會溶在水裡消失不見。

所以若是遇上果糖怪死纏爛打，逼不得已的情況下，可以召喚雷公鳥。

猜猜我是誰？

後面的閃電好可怕！
這隻妖怪感覺不好惹！

專注訓練

熱量陷阱珍珠奶茶

★ 全糖配方 ★

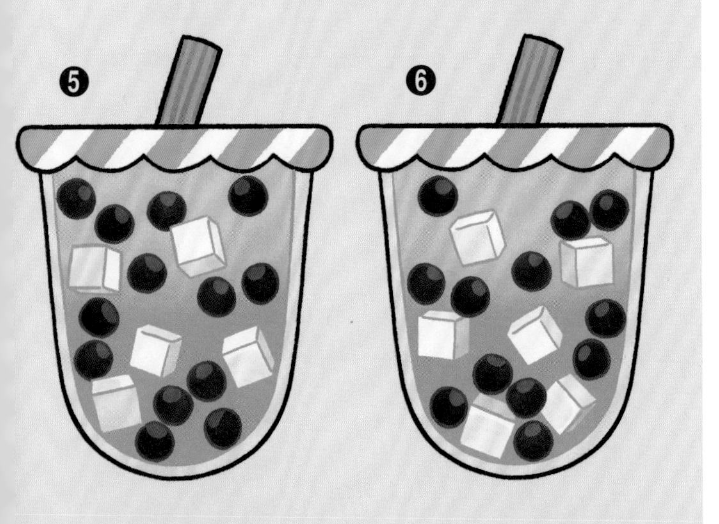

難度 ★★

數數看，
下面哪一杯珍珠和方糖的數量，
跟橘框內的珍珠奶茶一樣？

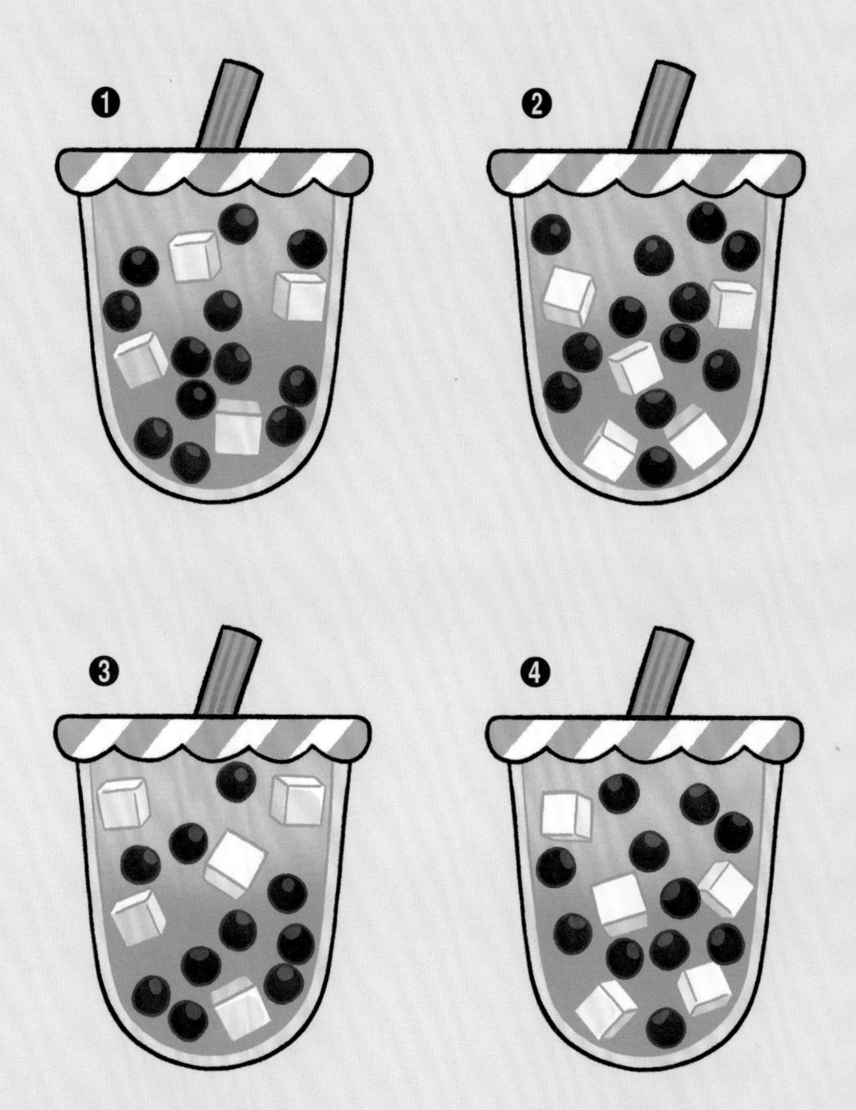

★解答請見第 82 頁

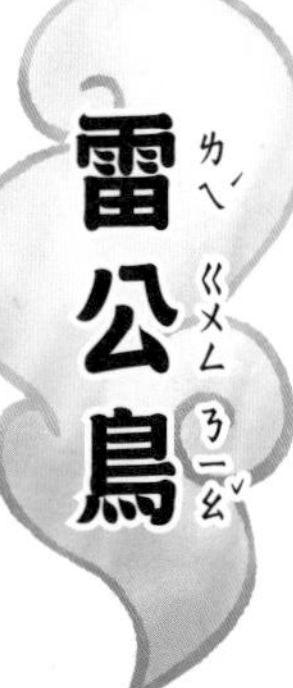

雷公鳥

雷公鳥是很多妖怪都會怕的妖怪鳥，當牠出現在天空時，身上會發出「轟隆！轟隆！」的打雷聲，然後射出閃電，天空也會下起大雨。

雷公鳥喜歡待在充滿電的地方，天空中的烏雲有大量的電，因此牠總是在雲端飛來飛去。但自從人類學會用電和發電，又發明了各種電器用品，牠就開始進入人間，藏在牆壁中的電線裡，隨時製造危險。

當有人為了擺脫果糖怪而召喚雷公鳥時，牠會從電線中飛上雲端，「轟隆！轟隆！」用閃電攻擊果糖怪，天空還會降下雨水，果糖怪會嚇得拚命逃跑。

但平常時候，請小心使用家裡的電器用品，因為藏在電線裡面的雷公鳥會放電，讓不遵守用電規則的人觸電，嚴重的話會傷害生命。例如：不可以把插頭以外的東西插進插孔。使用微波爐時，裡面不能放金屬餐具。手溼溼的時候不能去摸電燈開關。洗澡時不可以使用手機等產品。

還有，如果有人在多孔插座上，插了好多電器，或是同時使用耗電量太大的電器用品，進而使得插座

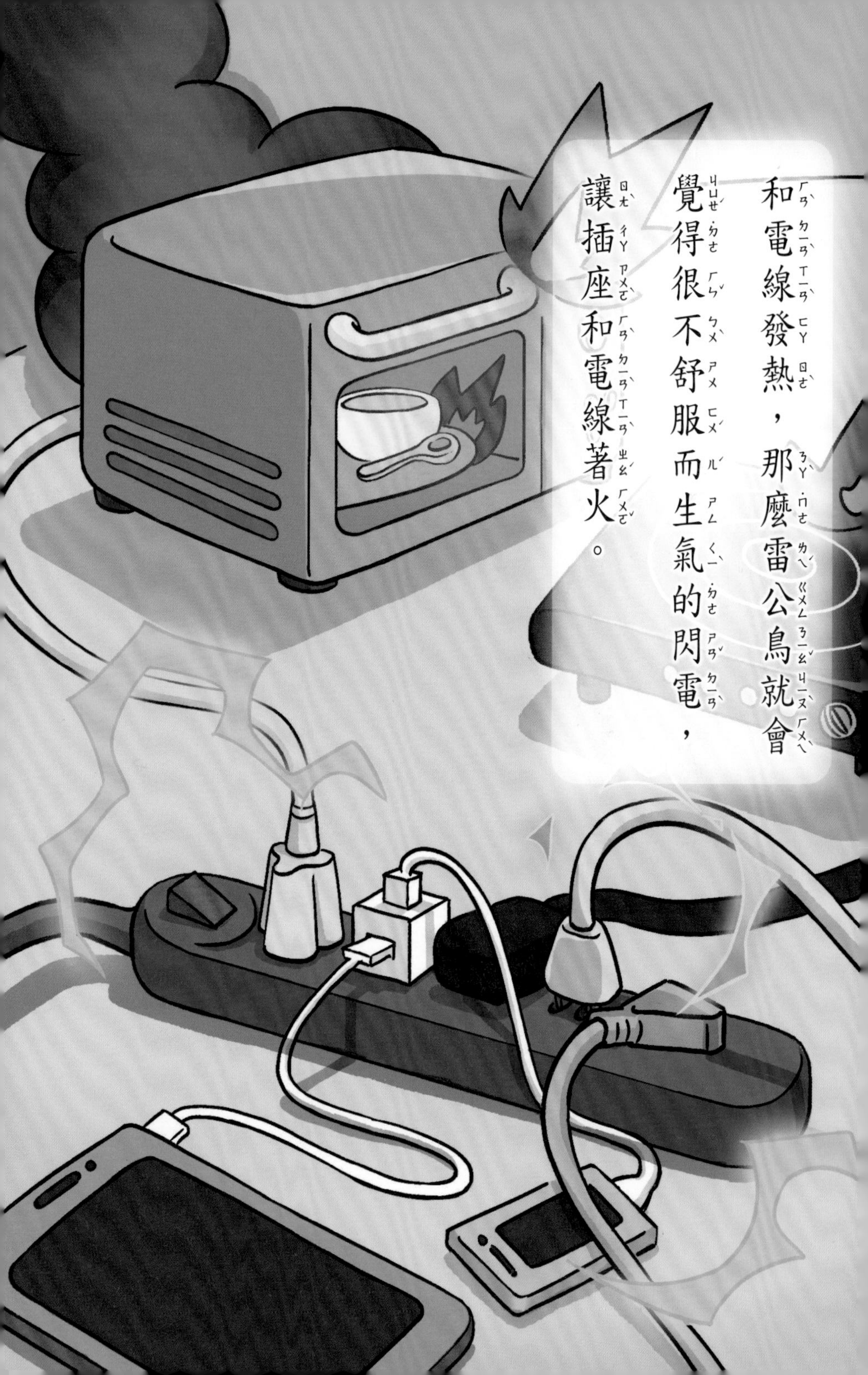
和電線發熱，那麼雷公鳥就會
覺得很不舒服而生氣的閃電，
讓插座和電線著火。

這時非常危險，因為牠只有飛到天上才會降下雨水，藏在電線裡面的時候並不會降雨，那些著火的插座和電線會一直燃燒，必須趕快滅火，才不會演變成嚴重的火災。

只要能正確的使用電器用品，雷公鳥就不會傷害人類，如果你已經這樣做了但還是很害怕，推薦你快找砲妖來吧！

猜猜我是誰？

那根長長的影子是什麼？
是鼻子？脖子？還是尾巴？

圖形推理

你插對了嗎？

❶

❷

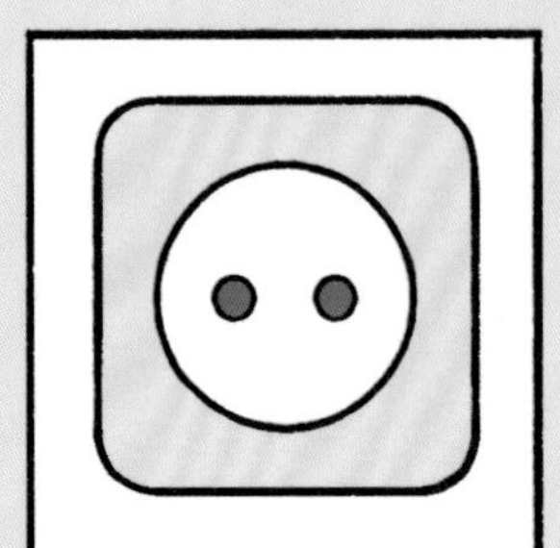

❸

❹

❺

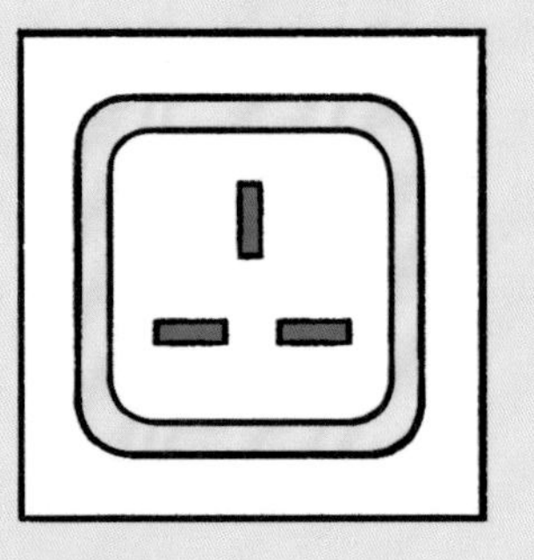

❻

難度 ★★

每個國家有自己的電源插座，
請比對插頭形狀，
找出正確的插座吧！

★解答請見第 82 頁

砲妖

砲妖出現時，會發射出巨大的砲彈來攻擊雷公鳥，「砰！砰！砰！」的巨響，比雷公鳥的聲音強十倍，所以雷公鳥會被他嚇得從電線裡飛出來，躲回妖怪大廈，好幾天都不敢再出來。

砲妖原本是住在擁有砲台的城堡，負責保護那些砲台不受到敵人攻擊，同時也用妖怪力增強砲台的攻擊力。雖然歷經幾百年後到現在，那些城堡都已經變成了古蹟，砲台也都壞掉了，但是砲妖的妖怪力還是非常強勁，一點都沒有消失。

可別以為砲妖搬到妖怪大廈居住，就不管城堡了。錯錯錯！他每天還是會去城堡上班，非常盡責的保護著城堡，到了下午參觀時間結束，大門關了，他

才回妖怪大廈睡覺。

如果有人在參觀城堡古蹟的時候，大聲喧嘩，亂丟垃圾，隨手亂摸建築物和展示品，砲妖就會不高興。如果有人更誇張的不遵守規則，亂敲砲管，或是爬上去跨坐在砲管上照相，砲妖就會忍無可忍的發射出巨砲，「砰！砰！砰！」的來嚇唬這些不守秩序的人。

假如某天，砲妖大發雷霆的嚇唬可惡的遊客時，守規矩的人最好閃旁邊一點，免得不小心被砲彈打到了。如果砲妖太生氣而失控，砲彈射個不停，可能危害到無辜的遊客，那就不好了。

「這時候怎麼辦？」你會慌張的這樣問。

好吧！有個辦法，就是請巨鱸鰻來阻止他。

猜猜我是誰？

看來是生活在海裡的妖怪，
靈活的身體應該能屈能伸！

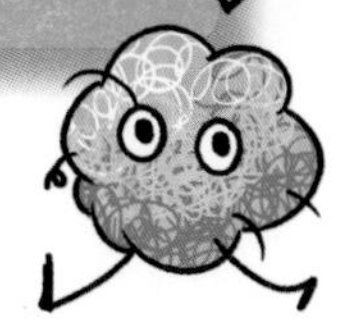

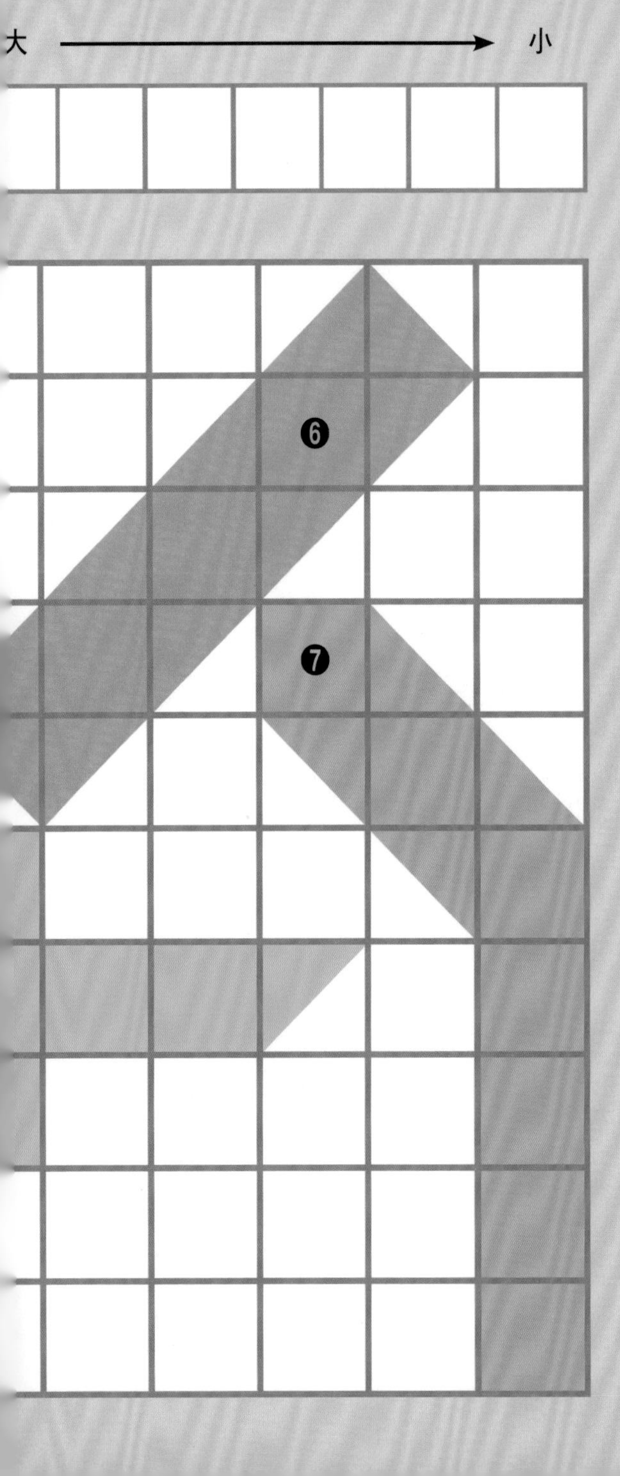

面積換算

占地盤大戰

難度
★★★★★

這裡有各種奇形怪狀的巨砲設計圖，
哪一個占的面積最大？
請由大到小依序排列。

❶

❸

❷

❹

★解答請見第 82 頁

巨鱸鰻

有聽過瘋狗浪嗎？常常有新聞報導，在海岸邊釣魚的時候，突然從海裡打過來滔天巨浪，把釣魚的人捲進海裡，從此被大海吞沒，失去了生命。由於那種大浪來得非常突然又瘋狂，就像是染上狂犬病的瘋狗亂咬人一樣，因此稱為瘋狗浪。

但其實那種巨浪跟瘋狗一點關係也沒有，真正的原因是巨鱸鰻在作怪。那是一隻很大的妖怪魚，牠經常躲在海岸邊的礁石洞裡，並且將大尾巴伸出洞口，用力的去翻滾海浪，把岸上的人捲進海裡。

由於巨鱸鰻很喜歡鑽礁石洞，因此當你想要阻止砲妖繼續發射巨砲時，可以召喚巨鱸鰻過來。當巨鱸鰻看到砲妖那長長的砲管時，牠就會把砲管當成礁石洞，非常興奮的鑽進裡面。

砲妖的肚子塞滿巨鱸鰻，就沒辦法發射巨砲了，還會感到肚子很撐，很難受。如果巨鱸鰻在砲管裡面翻滾，砲妖會更痛苦，馬上苦苦哀求巨鱸鰻趕快出來，放他一馬。

如果巨鱸鰻很享受，不想出來，就會傷害到砲妖，這樣也會造成不好的結果。那該怎麼辦呢？

只要砲妖呼叫黃麴鬼，塞給巨鱸鰻發霉的零食，巨鱸鰻吃到壞掉的食物，就會肚子痛，急忙鑽出砲管，逃回大海上廁所啦！

偷偷告訴大家，當礁石洞裡的巨鱸鰻累了，會回到妖怪大廈三樓的家睡覺。牠的床很特別，跟其他妖怪不一樣，是一截彎彎曲曲、又長又大的水泥管。很酷吧！

收妖成績單

第三層樓的妖怪有的帥氣，有的漂亮！大家最喜歡哪一隻妖怪的造型呢？

原來黃麴鬼怕檸檬精，檸檬精怕果糖怪，果糖怪怕雷公鳥，雷公鳥怕砲妖，砲妖怕巨鱸鰻，巨鱸鰻怕黃麴鬼。

恭喜嚇嚇叫收妖團，懂得分辨第三層樓妖怪的強項與弱點，並學會如何使用他們了！達成任務！

參樓妖怪卡

這些妖怪卡片已經被各位收進口袋名單了！

請仔細看看每一隻妖怪的特色，你最喜歡誰？

土
★★★
砲妖
不要坐在我身上！
攻擊力 | 600
防禦力 | 400
・稀有度 ♥♥
・危險度 ♥♥♥
・可愛度 ♥
・出沒地點 | 砲台古蹟
・最怕天敵 | 巨鱸鰻

水
★★
巨鱸鰻
我最喜歡躲在洞裡了~
攻擊力 | 700
防禦力 | 100
・稀有度 ♥
・危險度 ♥♥
・可愛度 ♥
・出沒地點 | 海洋
・最怕天敵 | 黃麴鬼

風
★★★
雷公鳥
轟隆！我最愛雷雨交加的天氣！
攻擊力 | 1100
防禦力 | 900
・稀有度 ♥
・危險度 ♥♥♥
・可愛度
・出沒地點 | 電線裡
・最怕天敵 | 砲妖

金
★★
果糖怪
我要一杯珍奶，全糖全冰！
攻擊力 | 400
防禦力 | 500
・稀有度 ♥
・危險度 ♥♥
・可愛度 ♥♥♥
・出沒地點 | 飲料店
・最怕天敵 | 雷公鳥

後記

作者嚇嚇叫

還記得妖怪們出發前，如何向妖怪大王誇耀本事嗎？現在你終於明白，他們沒有吹牛，尤其是黃麴鬼和果糖怪，都製造出「看不見的危險」，成功讓人失去戒心。

黃麴鬼、果糖怪和檸檬精都是我創作出來的新妖怪。隨著科技發達，我們知道發霉的食物和含糖飲料，對於健康都是「隱形的殺手」。很多人長期食用，年紀輕輕的就生了重病，所以我們從小就要避免或減少吃喝這些東西，並選擇健康的食品，才能擁有健壯的身體。

其他三個妖怪是從古早時代就在台灣流傳的。據說雷公鳥跟雷神(雷公)一樣，具有施放雷電的能力。牠住在高山上的大樹下，會飛上喬木召喚雷電。人們被雷電打到的機率很低，但是在家中「觸電」

的機率卻很高，還可能喪失性命，因此我讓雷公鳥提醒大家用電安全。

砲妖古名叫做「龍碽」。據說鄭成功曾發現海中有兩道光，派人打撈起來竟然是銅砲，一個化成龍飛上天，一個留下跟軍隊去打仗，屢戰屢勝。有一次出征前，砲妖不肯去，一百個人都拖不動，鄭成功叫人用棍杖打他，他一氣之下大爆炸，害許多人受傷。

大家到古蹟參觀時，請不要敲打銅砲，也不要爬上去玩，因為銅砲跟古蹟都是非常珍貴的文化資產。

俗話說：「水火無情。」在第二集已經認識了火災的可怕，這次請巨鱸鰻告訴大家「水」的危險。巨鱸鰻原名是「巨蘆鰻」，躲藏在新竹石壁潭中，下雨天就會湧出巨浪來害人。我賦予巨蘆鰻更強大的妖怪力，把牠改個字，讓大家瞭解海岸潛藏的危機。

這六個妖怪實在是太有趣了。妖怪大廈裡還住著什麼神奇的妖怪呢？就讓我們繼續讀下去。

解答

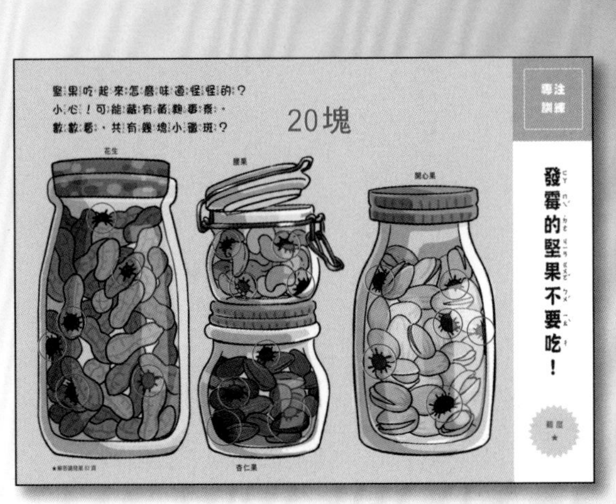
堅果吃起來怎麼味道怪怪的？
小心！可能藏有黴菌毒素。
數數看，共有幾塊小霉斑？
20塊
花生
腰果
開心果
杏仁果
專注
訓練
發霉的堅果不要吃！

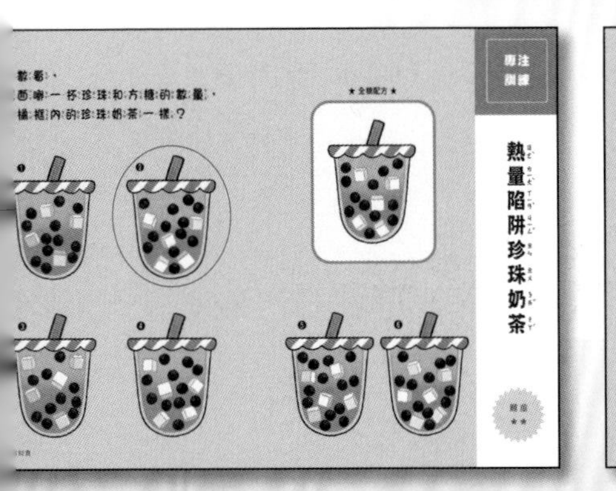
專注
訓練
熱量陷阱珍珠奶茶

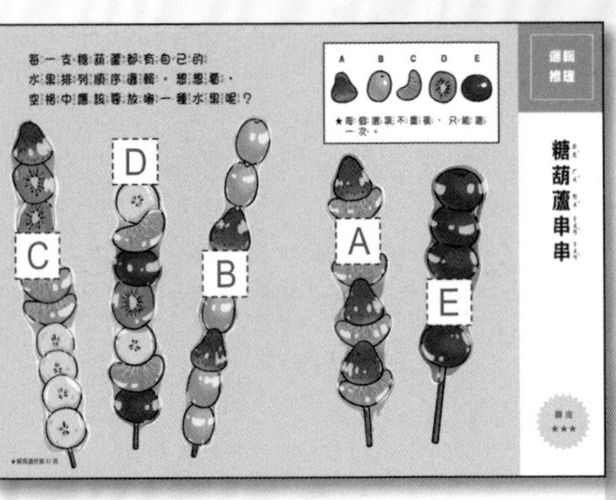
每一支糖葫蘆都有自己的
水果排列順序邏輯。想想看，
空格中應該要放哪一種水果呢？
A B C D E
D
C
B
A
E
邏輯
推理
糖葫蘆串串

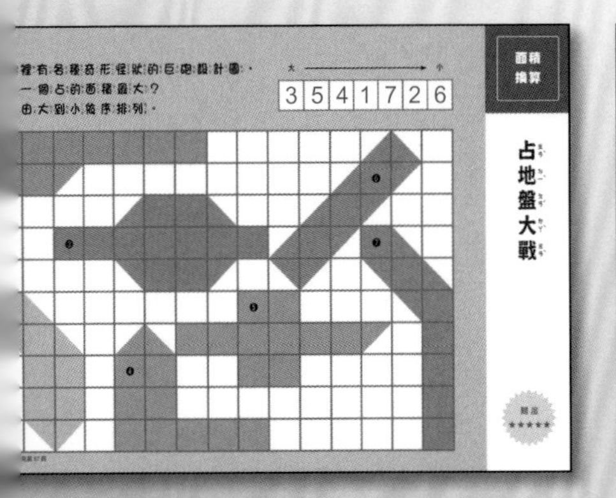
3 5 4 1 7 2 6
面積
換算
占地盤大戰

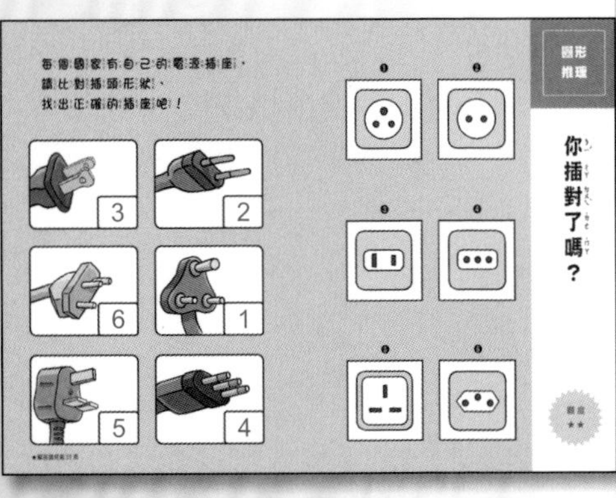
每個國家有自己的電源插座，
請比對插頭形狀，
找出正確的插座吧！
3
2
6
1
5
4
圖形
推理
你插對了嗎？

作者・鄭宗弦

資深少兒文學作家，寫作二十多年來已經出版了一百多本書。從小醉心於繪畫與民俗藝術，後來愛上寫作，立志為孩子們創作有趣又有意義的文學作品。喜愛跟讀者分享生活上的所見所聞，以及滿腦子的幻想。期盼大家在欣賞文學趣味之餘，也能進一步愛人愛己，熱愛生活。

曾榮獲：九歌現代兒童文學獎首獎、「好書大家讀」年度最佳少年兒童讀物獎、金鼎獎推薦獎、小太陽獎等數十項文學獎。作品有：《穿越故宮大冒險》系列、《少年總鋪師》系列、《少年廚俠》系列、《來自星星的小偵探》系列、《少年讀紅樓夢》、《小雀幸品格童話》系列等書籍。

臉書搜尋：鄭宗弦
粉絲專頁：鄭宗弦兒少故事屋
YouTube頻道：鄭宗弦美食與故事

臉書

粉絲專頁

YouTube

繪者・劉亦倫

畢業於國立台北藝術大學。於動畫產業耕耘數載，經營粉絲專頁「一輪動話屋」，致力用畫面說好一個又一個的好故事。希望透過圖畫，與讀者一同遨遊書中美妙奇幻的世界。

Instagram

國家圖書館出版品預行編目資料

妖怪大廈❸參樓的酸溜溜檸檬精 /
鄭宗弦 作 . 劉亦倫 繪
-- 初版 . -- 臺北市：三采文化股份有限公司 , 2025.01
面； 公分 . --（圖文橋梁書系列）

ISBN 978-626-358-572-0（精裝）

863.596 113018397

圖文橋梁書系列
妖怪大廈❸ 參樓的酸溜溜檸檬精

作者｜鄭宗弦 繪者｜劉亦倫
兒編部 總編輯｜蔡依如 責任編輯｜吳僑紜 行銷統籌｜吳僑紜
美術主編｜藍秀婷 美術編輯｜李莉麗 封面設計｜謝孃瑩 妖怪卡設計｜阿Re

發行人｜張輝明 總編輯長｜曾雅青
發行所｜三采文化股份有限公司 地址｜台北市內湖區瑞光路 513 巷 33 號 8 樓
傳訊｜TEL：（02）8797-1234 FAX：（02）8797-1688 網址｜www.suncolor.com.tw
郵政劃撥｜帳號：14319060 戶名：三采文化股份有限公司
本版發行｜2025 年 1 月 10 日 定價｜NT$320